* 9 7 8 9 3 5 8 7 2 4 9 7 4 *

شیخ سعدی کی کہانیاں

(حصہ: 2)

مرتبہ:

اعجاز عبید

© Taemeer Publications LLC

Shaikh Saa'dii ki KahaniyaaN : Part-2

by: Aijaz Ubaid

Edition: April '2024

Publisher :

Taemeer Publications LLC (Michigan, USA / Hyderabad, India)

ISBN 978-93-5872-497-4

9 789358 724974

شیخ سعدی کی کہانیاں (حصہ:2)	:	کتاب
اعجاز عبید	:	جمع، ترتیب و تدوین
فکشن	:	صنف
تعمیر پبلی کیشنز (حیدرآباد، انڈیا)	:	ناشر
۲۰۲۴ء	:	سالِ اشاعت
۴۰	:	صفحات
تعمیر ویب ڈیزائن	:	سرورق ڈیزائن

بہادر لڑکا

بیان کیا جاتا ہے۔ ایک بادشاہ کسی مہلک بیماری میں مبتلا ہو گیا کافی دن علاج کرنے کے باوجود جب اسے آرام نہ آیا تو طبیبوں نے صلاح مشورہ کر کے کہا کہ اس بیماری کا علاج صرف انسان کے پتے سے کیا جا سکتا ہے اور وہ بھی ایسے انسان کے پتے سے جس میں یہ یہ خاص نشانیاں ہوں۔ یہ کہہ کر حکیموں نے وہ نشانیاں بتائیں اور بادشاہ نے حکم دے دیا کہ شاہی پیادے سارے ملک میں پھر کر تلاش کریں اور جس شخص میں یہ نشانیاں ہوں اسے لے آئیں۔ پیادوں نے فوراً تلاش شروع کر دی۔ خدا کا کرنا کیا ہوا کہ وہ ساری نشانیاں ایک غریب کسان کے بیٹے میں مل گئیں۔ پیادوں نے کسان کو ساری بات بتائی کہ بادشاہ کے علاج کے لیے تیرے بیٹے کے پتے کی ضرورت ہے۔ اسے ہمارے ساتھ بھیج دے اور اس کے بدلے جتنا چاہے روپیہ لے لے کسان بہت غریب تھا۔ ڈھیر سارا روپیہ ملنے کی بات سن کر وہ اس بات پر آمادہ ہو گیا کہ سپاہی اس کے بیٹے کو لے جائیں۔ چنانچہ وہ اسے بادشاہ کے پاس لے آئے۔

خاص نشانیوں والا لڑکا مل گیا تو اب قاضی سے پوچھا گیا کہ اسے قتل کر کے اس کے جسم سے پتا نکالنا جائز ہو گا یا نہیں! قاضی صاحب نے فتویٰ دے دیا کہ بادشاہ کی

جان بچانے کے لیے ایک جان کو قربان کر دینا جائز ہے

قاضی کے فتوے کے بعد لڑکے کو جلّاد کے حوالے کر دیا گیا کہ وہ اسے قتل کر کے اس کا پتا نکال لے لڑکا بالکل بے بس تھا۔ وہ اپنے قتل کی تیاریاں دیکھ رہا تھا اور خاموش تھا۔ زبان سے کچھ نہ کہہ سکتا تھا۔ لیکن جب جلّاد تلوار لے کر اس کے سر پر کھڑا ہو گیا تو اس نے آسمان کی طرف دیکھا اور اس کے ہونٹوں پر مسکراہٹ آ گئی۔

بادشاہ خود اس جگہ موجود تھا۔ اس نے اسے مسکراتے ہوئے دیکھا تو بہت حیران ہوا۔ جلّاد کے ہاتھ میں ننگی تلوار دیکھ کر تو بڑے بڑے بہادر خوف سے کانپنے لگتے ہیں۔ اس نے جلّاد کو رکنے کا اشارہ کر کے لڑکے کو اپنے پاس بلایا اور اس سے پوچھا لڑکے۔ یہ تو بتا، اس وقت مسکرانے کا کون سا موقع تھا؟

لڑکے نے فوراً جواب دیا، حضور والا دنیا میں انسان کا سب سے بڑا سہارا اس کے ماں باپ ہوتے ہیں۔ لیکن میں نے دیکھا کہ میرے ماں باپ نے روپے کے لالچ میں مجھے حضور کے سپرد کر دیا۔ ماں باپ کے بعد دوسرا سہارا انصاف کرنے والا قاضی اور بادشاہ ہوتا ہے۔ کہ اگر کوئی ظالم کسی کو ستائے تو وہ اسے روکیں۔ لیکن قاضی اور بادشاہ نے بھی میرے ساتھ انصاف نہ کیا اب میرا آخری سہارا خدا کی ذات تھی اور میں دیکھ رہا تھا کہ جلّاد ننگی تلوار لے کر میرے سر پر پہنچ گیا اور خدا کا انصاف بھی ظاہر نہیں ہو رہا۔ بس یہ بات سوچ کر مجھے ہنسی آ گئی

لڑکے کی یہ بات سنی تو بادشاہ کی آنکھوں میں آنسو آ گئے۔ اس نے حکم دیا کہ لڑکے کو چھوڑ دو۔ ہم یہ بات پسند نہیں کرتے کہ ہماری جان بچانے کے لیے ایک بے گناہ کی جان لی جائے۔

لڑکے کو اُسی وقت چھوڑ دیا گیا۔ بادشاہ نے بہت محبت سے اسے اپنی گود میں بٹھا کر پیار کیا۔ اور قیمتی تحفے دے کر رخصت کیا۔ کہتے ہیں۔ اسی وقت سے بادشاہ کی بیماری گھٹنی شروع ہو گئی اور چند دن میں ہی وہ بالکل تندرست ہو گیا۔

میں نے دیکھا بر لبِ دریائے نیل اک فیل باں

اپنی دھن میں زیر لب کرتا تھا کچھ ایسا بیاں

غور کر ہاتھی کے پیروں میں جو ہو گا تیرا حال

ہو گی تیرے پاؤں میں بس یونہی مور ناتواں

وضاحت

اس حکایت میں حضرت سعدیؒ نے یہ نکتہ بیان کیا ہے۔ کہ جان خواہ بادشاہ کی ہو یا غریب کی، قدر و قیمت میں دونوں برابر ہیں۔ نیز یہ کہ خود غرض بن کر دوسروں کی جانیں پامال کرنے والے دنیاوی لحاظ سے بھی اتنے فائدے میں ہیں رہتے جس قدر نفع میں خلق خدا پر رحم کرنے والے رہتے ہیں

* * *

بزرگ کی کرامت

بیان کیا جاتا ہے کہ کوہستان لبنان کے رہنے والے ایک بزرگ ایک دن مشق کی جامع مسجد میں حوض کے کنارے بیٹھے وضو کر رہے تھے اتفاق سے ان کا پاؤں کچھ اس طرح پھسلا کہ وہ حوض میں گر گئے اور لوگوں نے انھیں بصد دشواری پانی

سے نکالا۔

بعد ایک شخص ان بزرگ کے پاس آیا اور بہت ادب کے ساتھ سوال کیا کہ حضر، مہربانی فرما کر یہ تو بتائیے کہ جناب کی آج کی پہلی حالت میں اس قدر فرق کیوں نظر آیا؟ مجھے یاد آتا ہے کہ ایک بار میں جناب کے ساتھ سفر کر رہا تھا۔ ہمارے راستے میں ایک دریا آیا تو جناب نے بغیر کشتی اور پل کے اس دریا کو اس طرح پار کر لیا کہ جناب کے پیروں کے پنجے بھی پوری طرح نہ بھیگے تھے، جب کہ آج یہ حالت دیکھی گئی کہ جناب ایک معمولی حوض میں گر گئے اور خود باہر نہ نکل سکے؟

بزرگ نے یہ سوال سن کر کچھ دیر غور کیا اور پھر فرمایا، اے عزیز! اس سلسلے میں پیغمبر برحق حضرت محمد صلی اللہ علیہ و آلہ وسلم کا فرمان قابل غور ہے۔ آپؐ نے فرمایا کہ کبھی میری یہ حالت ہوتی ہے کہ براہ راست اللہ پاک کی قربت کا شرف حاصل ہوتا ہے حضرت جبرائیل علیہ السلام بھی واسطہ نہیں بنتے۔ اس فرمان میں حضور صلی اللہ علیہ وسلم نے لفظ "کبھی" ارشاد فرما کر اس طرف اشارہ کر دیا کہ کبھی ایسا نہیں بھی ہوتا۔

اس طرح حضرت یعقوبؑ کے بارے میں تم نے سنا ہو گا کہ ایک وقت تو وہ تھا کہ جب حضرت یوسف کے بھائیوں نے انھیں کنویں میں گرا دیا تھا اور حضرت یعقوبؑ کو معلوم نہ ہو سکا تھا کہ ان کا پیارا بیٹا کہاں ہے اور پھر ایک وقت ایسا بھی آیا کہ انھوں نے سینکڑوں کوس دور سے حضرت یوسفؑ کے کرتے کی خوشبو سونگھ لی۔ ان کا ارشاد ہے۔

حالت ہماری برق ضیا بار کی سی ہے

ظاہر ہوئی کبھی، کبھی روپوش ہو گئی

کھلتے ہیں لوح دل پہ کبھی آسماں کے راز

ہوتی نہیں کبھی ہمیں خود سے بھی آگہی

وضاحت

اس حکایت میں حضرت سعدیؒ نے یہ بات بتائی ہے کہ انبیا اور اولیا سے جو معجزات اور کرامتیں ظاہر ہوتی ہیں ان کا انحصار ان کی ذاتی یا ذاتی کوششوں یا اپنے کمالات پر نہیں بلکہ یہ سب کچھ اللہ پاک کی طرف سے ہوتا ہے۔ منعم کمالات خدا ہی کی مقدس ذات ہے۔

٭ ٭ ٭

بزر جمہر کی نصیحت

کہتے ہیں، ایران کا مشہور بادشاہ نوشیر وان عادل ایک دن کسی مسئلے پر اپنے وزیروں سے مشورہ کر رہا تھا۔ اس بادشاہ کا سب سے زیادہ دانا وزیر بزر جمہر بھی اس مجلس مشاورت میں شامل تھا۔

ہر وزیر نے اپنی فہم کے مطابق اس معاملے میں اپنی رائے پیش کی لیکن بزر جمہر نے اس تدبیر کو ٹھیک بتایا جو خود نوشیر وان نے بیان کی تھی جب مجلس بر خاست ہو گئی تو دوسرے وزیروں نے بزر جمہر سے کہا کہ ہم نے بڑی بڑی عمدہ تدبیریں بتائی تھیں

بزرجمہر نے نے کہا، دانائی کی بات یہی ہے کہ اگر کسی معاملے میں بادشاہ نے خود بھی کوئی تدبیر بتائی ہو تو اسی کی تائید کی جائے ایسا کرنے کا فائدہ یہ وہ کسی اور کو مورد الزام نہ ٹھہرا اسکے گا۔ اور اگر کامیابی حاصل ہو تو تائید کرنے کی وجہ سے اس کی خوشنودی حاصل ہو گئی اس کے علاوہ ایک بات یہ بھی ہے کہ صاحب اختیار لوگ اپنی رائے کے خلاف کوئی بات سن کر خوش نہیں ہوتے

خلاف رائے سلطاں کچھ بھی کہنا

ہے اپنے خون میں اپنے ہاتھ رنگنا

خلاف رائے سلطان کچھ نہ کہیے

مناسب یہ ہے اپنی حد میں رہیے

اگر سلطان کہے دن کو یہ ہے رات

تو فوراً کہیے بیشک ہے یہی بات

وہ بالکل وہ رہا پرویں کا جھومر

سرِ کامل ہے روشن آسمان پر

وضاحت

یہ حکایت پڑھ کر ایسا اندازہ ہوتا ہے کہ حضرت سعدیؒ نے خوشامدی اور جی حضوری بننے کی ترغیب دی ہے لیکن دراصل ایسا نہیں ہے۔ انھوں نے یہ نہایت ہی اہم نکتہ بیان کیا ہے کہ صاحب اختیار لوگوں کے شر سے بچنا بھی دانشمندی کا حصہ ہے جس طرح یہ بات ضروری ہے کہ دیوانہ کتا کھلا پھر رہا ہو تو انسان حفاظت کی جگہ

بیٹھے۔ اسی طرح صاحب اختیار حاکم کے سامنے دانائی کی زرہ پہنے بغیر نہیں جانا چاہیے۔

٭ ٭ ٭

بے اولاد بادشاہ

بیان کیا جاتا ہے، ایک بادشاہ لاولد تھا۔ جب اس کی موت کا وقت نزدیک آیا تو اس نے وصیت کی کہ میری موت کے دوسرے دن جو شخص سب سے پہلے شہر میں داخل ہو، میری جگہ اسے بادشاہ بنا دیا جائے۔ خدا کی قدرت کا تماشا دیکھے کہ دوسرے دن جو شخص سب سے پہلے شہر میں داخل ہوا وہ ایک فقیر تھا جس کی ساری زندگی در در بھیک مانگتے اور اپنی گدڑی میں پیوند پر پیوند لگانے میں گزری تھی۔

امیروں، وزیروں نے بادشاہ کی وصیت کے مطابق اسے بادشاہ بنا دیا اور وہ تاج و تخت اور خزانوں کا مالک بن کر بہت شان سے زندگی گزارنے لگا قاعدہ ہے کہ حاسد اور کم ظرف لوگ کسی کو آرام میں دیکھ کر انگاروں پر لوٹنے لگتے ہیں۔ اس فقیر کے ساتھ بھی یہی ہوا جو اب بادشاہ بن گیا تھا۔ اس کے دربار کے کچھ امرا نے آس پاس کے حکمرانوں سے سازباز کر کے ملک پر حملہ کروا دیا اور بہت سا علاقہ حملہ آوروں نے فتح کر لیا۔

اس حادثے کی وجہ سے فقیر بادشاہ بہت افسردہ رہنے لگا۔ انھی دنوں اس کا ایک ساتھی فقیر ادھر آ نکلا اور اپنے یار کو ایسی حالت میں دیکھ کر بہت خوش ہوا اس نے اسے مبارک باد دی کہ خدا نے تیرا مقدر سنوارا اور فرش خاک سے اٹھا کر تخت

افلاک پر بٹھا دیا۔

فقیر کی یہ بات بالکل درست تھی۔ کہاں در در کی بھیک مانگنا اور کہاں تخت سلطنت پر جلوہ افروز ہونا۔ لیکن اس شخص کو تواب بادشاہ بن جانے کی خوشی سے زیادہ ملک کا کچھ حصہ چھن جانے کا غم تھا۔ غم بھری آواز میں بولو، ہاں دوست تیری یہ بات تو غلط نہیں لیکن تجھے کیا معلوم کہ میں کیسی فکروں میں گھرا ہوا ہوں۔ تجھے تو صرف اپنی دو روٹیوں کی فکر ہو گئی، لیکن مجھے ساری رعایا کی فکر ہے۔

دنیا کا تو یہ حال ہے کہ اگر یہ ہمیں حاصل نہ ہو تو مفلس ہونے کا غم کرتے ہیں اور جب حاصل ہو جاتی ہے تو اس کی محبت میں ہر چیز کو بھلا دیتے ہیں۔ سچ تو یہ ہے کہ

دنیا سے بڑھ کر کوئی بلا نہیں

تونگری کی تمنا ہے گر تو لازم ہے

خدا سے کچھ نہ طلب کر بجز قناعت کے

یہ بات سچ ہے کہ افضل ہے صبر مفلس کا

کسی غنی کی شب و روز کی سخاوت سے

وضاحت

حضرت سعدیؒ نے اس حکایت میں یہ سچائی بیان فرمائی ہے کہ دنیا کا بڑے سے بڑا اعزاز پا کر بھی انسان کو سچا اطمینان حاصل نہیں ہوتا۔ اپنے طالبوں کو مسلسل کرب میں مبتلا رکھنا دنیا کی ایسی عادت ہے جسے بدلا نہیں جا سکتا۔ اگر کوئی شخص اس بات کا طالب ہے کہ اسے سچی راحت اور حقیقی اطمینان نصیب ہو تو اسے چاہیے دنیا

کی ہوس ترک کرکے قناعت اختیار کرے۔

* * *

بے خوف درویش

بیان کیا جاتا ہے کہ ایک بادشاہ شکار کے لیے نکلا ہوا تھا۔ وہ جنگل سے گزر رہا تھا۔ کہ اس کی نظر ایک درویش پر پڑی جو اپنے حال میں مست بیٹھا تھا۔ بادشاہ اس درویش کے قریب سے گزرا لیکن اس نے آنکھ اٹھا کر بھی اس کی طرف نہ دیکھا اور یہ بات بادشاہ کو بہت ناگوار گزری۔ اس نے اپنے وزیر سے کہا کہ یہ بھک منگے بھی بالکل جانوروں کی طرح ہوتے ہیں کہ انھیں معمولی ادب آداب کا بھی خیال نہیں ہوتا۔

بادشاہ کی ناگواری کا اندازہ کرکے وزیر اس درویش کے پاس گیا اور اس سے کہا کہ بابا جی، ملک کا بادشاہ آپ کے قریب سے گزرا اور آپ نے اتنا بھی نہیں کیا کہ اپنی عقیدت اور نیاز مندی ظاہر کرنے کے لیے کھڑے ہو جاتے اور ادب سے سلام کرتے؟

درویش نے بے پروائی سے جواب دیا، بابا، اپنے بادشاہ سے کہو کہ ادب آداب کا خیال رکھنے کی امید ان لوگوں سے کرے جنھیں اس سے انعام حاصل کرنے کا لالچ ہو۔ اس کے علاوہ اسے یہ بات بھی اچھی طرح سمجھا دو کہ ہم جیسے درویشوں کا کام بادشاہ کا خیال رکھنا نہیں بلکہ بادشاہ کا یہ فرض ہے کہ وہ ہماری حفاظت کرے۔ تو

نے سنا نہیں۔ بھیڑیں گڈریے کی حفاظت نہیں کرتیں بلکہ گڈریا بھیڑوں کی حفاظت کرتا ہے۔ یاد رکھے! بادشاہی بھی ہمیشہ رہنے والی چیز نہیں۔ موت کے بعد بادشاہ اور فقیر برابر ہو جاتے ہیں۔ اگر تو قبر کھول کر دیکھے تو یہ بات معلوم نہ کر سکے گا کہ یہ شخص جس کی کھوپڑی کو مٹی نے کھا لیا ہے۔ زندگی میں کس مرتبے اور شان کا مالک تھا۔

وزیر نے درویش کی یہ باتیں بادشاہ کو سنائیں تو اس نے ان سے نصیحت حاصل کی اور فقیر پر مہربان ہو کر اس سے کہا کہ اگر کسی چیز کی ضرورت ہو تو بیان کرو۔ تمھاری ہر حاجت پوری کی جائے گی۔

فقیر نے بے نیازی سے کہا، بس ایک خواہش ہے اور وہ یہ کہ میرے پاس آنے کی تکلیف پھر کبھی نہ اٹھانا۔ بادشاہ نے کہا، اچھا مجھے کوئی نصیحت فرمائیے۔ درویش بولا، میرے نصیحت یہ ہے کہ اس زمانے میں جب تو تاج اور تخت کا مالک ہے زیادہ سے زیادہ نیکیاں کر کہ عاقبت میں تیرے کام آئی گی۔ یہ تاج اور تخت ہمیشہ تیرے پاس ہی نہ رہے گا۔ جس طرح تجھ سے پہلے بادشاہ کے بعد تجھے ملا، اسی طرح تیرے بعد کسی اور کو مل جائے گا

نیکیاں کر لے اگر تو صاحب ثروت ہے آج

کل نہ جانے کس کے ہاتھ آئے تری یہ تخت و تاج

وضاحت

حضرت سعدیؒ نے اس حکایت میں یہ بات بتائی ہے کہ اپنے دل کو حرص اور لالچ سے پاک کر لینے کے بعد ہی انسان کو سچی راحت اور اطمینان حاصل ہوتا ہے۔ یہ مرتبہ حاصل ہو جائے تو خدا ایسی جرأت بخش دیتا ہے کہ وہ لاؤ لشکر رکھنے والے بادشاہوں سے بھی خوف نہیں کھاتا نیز یہ کہ مال دار شخص کے لیے سب سے زیادہ نفع کا سودا نیکیاں کرنا ہے۔ اخروی زندگی میں اس کے کام اس کا یہی سرمایہ آئے گا۔ جس مال پر دنیا میں غرور کرتا تھا، اس میں سے کفن کے سوا کچھ بھی اپنے ساتھ نہ لے جا سکے گا۔

٭ ٭ ٭

<h2 align="center">بنیے کا ادھار</h2>

بیان کیا جاتا ہے کہ چند صوفیوں نے ایک بنیے سے ادھار لے لیا لیکن بروقت رقم ادا نہ کر سکے۔ بنیا ہر روز تقاضا کرتا اور انھیں سخت سست کہتا تھا۔ صوفیوں کے لیے اس کے سوا کوئی چارہ نہ تھا کہ بنیے کی تلخ باتیں سنیں اور خاموش رہیں۔

ایک دانشمند نے انھیں اس ذلت میں مبتلا دیکھا تو کہا کہ آج جس طرح تم لوگ بنیے کا تقاضا سنتے اور اسے ٹال دیتے ہو، اگر اسی طرح اپنی خواہشوں کو ٹال دیتے۔

یعنی اپنے نفس کا کہا مان کر ادھار کر
ذلت نہ اٹھاتے تو تمھارے حق میں بہتر ہوتا

دستِ سوال غیر کے آگے نہ کر دراز

بہتر ہے اس سے بھوک کی سختی ہزار بار

مفلس ہے گر تو گوشت کی حسرت کبھی نہ کر

اک دن عذاب بنتا ہے قصاب کا ادھار

وضاحت

حضرت سعدیؒ نے اس حکایت میں قرض لینے کی مذمت کی ہے اور اس سے بچنے کا نہایت آسان اور عمدہ طریقہ بتایا ہے۔ ان کا ارشاد ہے کہ جس طرح ایک مفلس شخص قرض خواہ کا تقاضا سن کر خاموش رہتا ہے۔ اور اس کی تلخ باتوں کو بھی برداشت کرتا ہے۔ اسی طرح اگر وہ اپنے نفس کے تقاضے پر خاموش رہے اور نفس کی ترغیب کا شکار نہ ہو تو ہر طرح کی ذلت سے محفوظ رہ سکتا ہے۔

٭٭٭

برائی کا سدِ باب

کہتے ہیں ایران کا مشہور بادشاہ نوشیرواں، جو اپنے عدل و انصاف کے باعث نوشیر وان عادل کہلاتا تھا۔ ایک بار شکار کے لیے گیا شکار گاہ میں اس کے لیے کباب تیار کیے جا رہے تھے۔ کہ اتفاق سے نمک ختم ہو گیا شاہی باورچی نے ایک غلام سے کہا کہ قریب کی بستی میں جا اور وہاں سے نمک لے آ۔

بادشاہ نے یہ بات سن لی۔ اس نے غلام کو قریب بلایا اور سے تاکید کی کہ قیمت ادا کیے بغیر نمک ہر گز نہ لانا۔ غلام بولا، حضور والا! ایک ذرا سے نمک کی کیا بات ہے۔ کسی سے مفت لے لوں گا تو کیا فرق پڑے گا۔

نوشیر واں نے کہا ضرور فرق پڑے گا۔ یاد رکھو! ہر برائی ابتدا میں ایسی ہی معمولی دکھائی دیتی ہے۔ لیکن پھر وہ بڑھتے بڑھتے اتنی بڑی بن جاتی ہے کہ اسے مٹانا آسان نہیں ہوتا ہے۔

بغیر حق کے جو سلطاں کرے وصول اک سیب

غلام اس کے جڑوں سے اکھیڑ لیں گے درخت

جو بادشاہ کبھی مفت پانچ انڈے لے

سپاہی اس کے کریں گے ہزار مرغ دولخت

وضاحت

حضرت سعدیؒ نے اس حکایت میں یہ درس دیا ہے کہ کسی بھی برائی کو معمولی خیال نہیں کرنا چاہیے۔ معمولی برائی ہی بڑھ کر بہت بڑی برائی بن جاتی ہے۔ خاص طور پر حکمرانوں کو تو اس سلسلے میں بہت زیادہ احتیاط برتنی چاہیے۔ کیونکہ ان کے ماتحت برائی میں ان کی تقلید زیادہ کرتے ہیں۔

٭٭٭

بروں سے اچھا سلوک

بیان کیا جاتا ہے کہ ایک شب ایک چور ایک نیک لیکن غریب شخص کے گھر میں داخل ہو گیا۔ اس نے ادھر ادھر بہت ہاتھ مارے لیکن وہاں کچھ ہوتا تو اسے ملتا اتفاق سے اس دوران میں نیک مرد بھی جاگ گیا اور آہٹ کی آواز سن کر سمجھ گیا کہ گھر میں چور گھسا ہوا ہے اور وہ میرے گھر سے خالی ہاتھ جائے گا۔ اس نے جلدی سے وہ کمبل اتارا جو خود اوڑھے ہوئے تھا اور چور کے راستے میں پھینک دیا۔

سچ ہے اللہ والوں کے دلوں میں اپنے دشمنوں کے لیے بھی خیر خواہی کا جذبہ ہوتا ہے وہ کسی کو بھی رنجیدہ کرنا نہیں چاہتے۔

سنا ہے خدا کے جو بن جائیں دوست

وہ کرتے نہیں دشمنوں کو بھی تنگ

کمینے کو کیسے ملے یہ مقام

کہ وہ دوستوں سے بھی کرتا ہے جنگ

وضاحت

حضرت سعدیؒ نے اس حکایت میں احسان کی طرف توجہ دلائی ہے۔ احسان کا مفہوم یہ ہے کہ کسی کے ساتھ اس کے حق سے زیادہ سلوک کیا جائے۔ مثال کے طور پر یہ حسن سلوک ہے کہ اگر کوئی شخص قصور کرے تو اسے معاف کر دیا جائے۔ لیکن اگر معاف کرنے کے علاوہ اسے کچھ دے بھی دیا جائے تو یہ احسان ہو گا اور

محسنین ہو گاکا بہت بڑا درجہ ہے۔

٭ ٭ ٭

درویش اور ظالم سپاہی

کہتے ہیں، ایک ظالم اور بے رحم سپاہی نے ایک درویش کے سر پر پتھر مارا۔ درویش نے اس کی طرف دیکھا اور اسے صاحب اختیار اور طاقت ور پایا تو خاموش ہو رہا۔ لیکن وہ پتھر سنبھال لیا جو سپاہی نے اس کے سر پر مارا تھا۔

بیان کیا جاتا ہے۔ کچھ عرصے بعد اس ظالم سپاہی پر خدا کا قہر نازل ہوا۔ بادشاہ کسی بات پر اس سے ناراض ہو گیا اور اس نے اسے ایک کنویں میں قید کر دیا اتفاق سے ایک دن وہی درویش اس کنویں کے قریب سے گزرا جس میں سپاہی کو قید کیا گیا تھا۔ درویش نے اپنے دشمن کو اس حالت میں دیکھا تو وہی پتھر اپنی جھولی سے نکالا اور سپاہی کے سر پر دے مارا۔

سپاہی درد سے بلبلا اٹھا اور اوپر منھ اٹھا کر درویش سے کہا۔ بندہ خدا تو نے ناحق مجھے کیوں مارا؟ درویش نے جواب دیا، میں نے تجھے ناحق ہر گز نہیں مارا مجھے پہچان میں وہی ہوں جس کے سر پر تو نے بے وجہ پتھر مارا تھا۔ اور یہ پتھر بھی وہی ہے جو میرے سر پر لگا تھا۔ اس وقت تو صاحب اختیار تھا اور میں مجبور تھا۔ اب خدا نے تجھے اس حالت کو پہنچایا تو بدلہ اتارنے کا موقع ملا۔

ہاتھ میں نا اہل کے گر ہو زمانہ اقتدار

تو اگر عاقل ہے شیوہ صبر کا کر اختیار

پنجہ ، فولاد اگر رکھتا نہیں خاموش

عافیت ہے ظلم سہنے میں ، بروں کو کچھ نہ کہہ

ہاں اگر تقدیر ظالم کو کرے خوار و زبوں

تو اس کی ہڈیاں بڑھ کر بہا دے اس کا خوں

وضاحت

حضرت سعدیؒ نے اس حکایت میں انتقام کی اہمیت ظاہر کی ہے۔ اگرچہ در گزر اور معاف کر دینے کی برکتوں سے انکار نہیں کیا جا سکتا لیکن ازروئے اخلاق بھی یہ بات ضروری ہے کہ دشمن سے انتقام لیا جائے کیونکہ ایسا کرنے سے ظالم کی حوصلہ شکنی اور دیکھنے والوں کو عبرت حاصل ہوتی ہے کہ برے کا انجام خراب ہوتا ہے۔ ہاں اس سلسلے میں یہ بات ضروری ہے کہ طاقت فراہم کیے بغیر دشمن کو نہیں للکارنا چاہیے۔

٭٭٭

دو گنی تنخواہ

کہتے ہیں۔ ملک عرب کا ایک بادشاہ ایک دن دربار میں آیا تو اس نے اپنے ایک خدمت گار کے بارے میں حکم دیا کہ یہ جتنی تنخواہ لیتا ہے، آج سے اسے اس سے

دو گنی تنخواہ دی جائے کیونکہ ہم نے محسوس کیا ہے کہ یہ دلی شوق اور پوری محنت سے ہماری خدمت کرتا ہے۔ جب کہ اس کے ساتھیوں کا یہ حال ہے کہ وہ کام سے جی چراتے ہیں اور سارا وقت کھیل کود میں برباد کر دیتے ہیں۔

اس وقت بادشاہ کے دربار میں ایک دانا شخص بھی موجود تھا جو ہر بات کی اصلیت اچھی طرح سمجھتا تھا۔ اس نے بادشاہ کی زبان سے یہ بات سنی تو اس پر بے خودی طاری ہو گئی۔ اس نے ایک نعرہ بلند کیا۔ لوگوں نے پوچھا کہ اے شخص! تجھے کیا ہوا جو یوں بے خود ہو گیا؟

اس نے جواب دیا، میری یہ حالت یہ سوچ کر ہوئی کہ اللہ پاک بھی اپنے بندوں کے درجے اسی طرح مقرر کرتا ہے جس طرح ہمارے بادشاہ نے اپنے خدمت گاروں کے درجے مقرر کیے ہیں جو اپنے کام میں مستعد تھا اسے ترقی دی جو غافل اور کاہل تھے انھیں نظر انداز کر دیا۔ بس یوں ہی جو خدا کے اطاعت گزار ہیں انعام پائیں گے، جو غافل ہیں محروم رہیں گے۔

خدمت مخلوق پر ہے سروری کا انحصار

مرد دانا بن، یہ طرز زندگی کر اختیار

یونہی جو دنیا میں ہیں روشن جبیں، روشن دماغ

ان کے ہاتھوں پر ہیں خالق کیلئے سجدوں کے دل

وضاحت

اس حکایت میں حضرت سعدیؒ نے خدمت خلق کی اہمیت واضح کر کے اطاعت خالق کی طرف توجہ دلائی ہے۔ اور مدلل انداز میں یہ بات بتائی ہے کہ جو لوگ دنیاوی زندگی میں اپنے مالک اور خالق خدا کو راضی کرنے کے لیے مشقت اٹھائیں گے، بادشاہ کے فرض شناس نوکر کی طرح ضرور انعامات سے نوازے جائیں گے۔

***

دوست کے گھر چوری

بیان کیا جاتا ہے، ایک درویش تنگ دستی میں مبتلا ہوا تو اس نے اپنے ایک دوست کے گھر سے کمبل چرا لیا اور اسے فروخت کر کے اپنی ضرورت پوری کر لی۔ لیکن اس کا یہ گناہ ظاہر ہو گیا۔ اسے گرفتار کر لیا گیا اور قاضی نے مقدمے کی کارروائی مکمل کرنے کے بعد اسلامی شریعت کے مطابق اس کا ہاتھ کاٹ ڈالنے کی سزا سنا دی۔

جس شخص کا کمبل چرایا گیا تھا۔ جب اسے پتا چلا کہ میرے دوست کا ہاتھ کاٹا جائے گا تو وہ قاضی کی عدالت میں حاضر ہوا اور سفارش کی کہ قاضی صاحب! مہربانی کر کے اسے سزا نہ دیجیے۔ اس نے میرا کمبل چرایا تھا۔ میں اسے معاف کرتا ہوں۔ قاضی نے جواب دیا، تیرے معاف کر دینے سے بھی یہ شخص سزا سے نہ بچ سکے گا۔ کیوں کہ چور کو سزا دینا اسلامی شریعت کا منشا ہے۔ اس شخص نے کہا یہ ٹھیک

ہے کہ اسلامی شریعت میں چوری کی سزا ہاتھ کاٹنا لیکن اگر چوری کیا جانے والا مال وقف ہو تو پھر یہ سزا نہیں دی جاسکتی ہے ہم جیسے درویشوں کا مال وقف ہوتا ہے۔ ہم اپنی کسی چیز کو بھی اپنی ملکیت نہیں سمجھتے۔

قاضی نے اس بات سے اتفاق کیا اور چور کو معاف کر دیا۔ لیکن اسے ملامت کی کہ تو نے چوری بھی کی تو اپنے ایسے شریف دوست کے گھر جس نے تجھے سزا سے بچا لیا۔

اس شخص نے فوراً جواب دیا، قاضی صاحب! آپ نے بزرگوں کا یہ قول سنا ہو گا کہ دوست کا گھر صاف کر دو لیکن دشمن کا دروازہ اس خیال سے نہ کھٹکھٹاؤ کہ وہ تمھاری مدد کرے گا۔

بُرا وقت آ پڑے تو اہل ہمت کا طریقہ ہے
اترواتے ہیں کپڑے دوستوں کے کھال دشمن کی

وضاحت

اس حکایت میں حضرت سعدیؒ قارئین کو ایک ایسے نتیجے کی طرف لے گئے ہیں جو بظاہر اسلامی فلسفہ حیات سے ٹکراتا ہے۔ یعنی اگر انسان کسی مصیبت میں مبتلا ہو جائے تو دوستوں کے کپڑے اترو الے اور دشمن کی کھال لیکن حقیقت یہ ہے کہ ان کی بات اسلام فلسفہ اخلاق سے متصادم نہیں۔ دراصل انھوں نے اس حکایت میں سوالی بن کر کسی کے آگے ہاتھ پھیلانے کی مذمت کی ہے جو فلسفہ اسلام کے

عین مطابق ہے۔ بہ الفاظ دیگر خود دار اور شریف لوگوں کے نزدیک بھکاری بن کر ہاتھ پھیلانا چوری کے گناہ سے بھی برا ہے۔

* * *

دنیا پرست عابد

بیان کیا جاتا ہے، ایک شخص کے بارے میں یہ مشہور تھا کہ وہ بہت زیادہ نیک ہے، ہر وقت اللہ پاک کی عبادت کرتا رہتا ہے۔ بادشاہ نے اس کی شہرت سنی تو اس کے پاس پیغام بھیجا کہ ہمارا دل چاہتا ہے آپ کی زیارت کریں۔ ہو سکے تو کسی دن ہماری یہ خواہش پوری کیجئے اور ہمارے دربار میں تشریف لائیے۔

یہ شخص عبادت گزار تو واقعی تھا لیکن اس کی یہ ساری محنت صرف لوگوں کو دھوکا دینے کے لیے تھی۔ بادشاہ کا پیغام ملا تو دل میں بہت خوش ہوا۔ سوچا، بادشاہ ضرور انعام و اکرام سے نوازے گا۔ یہ سوچ کر اس نے فیصلہ کیا کہ بادشاہ کے پاس جانے سے پہلے کوئی ایسی دوا پی لینی چاہیے جس سے کسی قدر کمزور ہو جاؤں۔ مجھے نحیف و نزار دیکھ کر بادشاہ کو یقین آ جائے گا کہ میں واقعی بہت زیادہ عبادت کرتا ہوں۔

اپنے دل میں فیصلہ کر کے اس نے ایک دوا پی لی۔ لیکن اس سلسلے میں اس غلطی یہ ہوئی کہ کمزور کر دینے کی دوا کی جگہ ایسا زہر پی لیا جو آدمی کو فوراً ہلاک کر دیتا ہے۔ چنانچہ وہ ریاکار زاہد فوراً ہلاک ہو گیا۔

نظر جو آتا تھا پستے کی طرح ٹھوس اور سخت

وہ نکلا پیاز کی مانند صرف چھلکا ہی

خدا کو چھوڑ کے مخلوق کی رضا چاہی

خدا کا گھر نہیں پیش نظر تھی دنیا ہی

وضاحت

حضرت سعدیؒ نے حکایت میں دنیا پرست عابدوں کی مذمت کی ہے اور ایک ریاکار کی مثال دے کر یہ بتایا ہے کہ ایسی ہر ایک بات جو صرف مخلوق کو خوش کرنے کے لیے ہو زہر پینے کی مانند ہے کہ اس کا انجام ہلاکت ہوتا ہے۔ عبادت کی اصل روح اور اصل مقصد تو یہ ہے کہ خدا کے ساتھ انسان کا رشتہ اس طرح استوار ہو جائے کہ کوئی اور رشتہ ویسا مضبوط نہ ہو۔

٭ ٭ ٭

دنیا پرست درویش

بیان کیا جاتا ہے۔ ایک درویش با خدا بستیوں سے کنارہ کش ہو کر جنگل میں آباد ہو گیا تھا۔ درختوں کے پتے کھا کر چشمے کا پانی پیتا اور ہر وقت یاد خدا میں مصروف رہتا بزرگی کے آثار اس کے چہرے سے ظاہر تھے۔

کرنا خدا کا کیا ہوا کہ ملک کا بادشاہ شکار کھیلتا ہوا اس طرف آنکلا۔ اس کی نگاہ اس

بزرگ پر پڑی تو اس کے پاس گیا اور اس کے احوال سے آگاہ ہونے کے بعد اس سے درخواست کی کہ آپ ہمارے ساتھ دارالحکومت چلیے، ہم آپ کے لیے بہت عمدہ انتظام کر دیں گے وہاں آپ کو ہر طرح کا آرام ملے گا۔

درویش نے بادشاہ کی یہ بات ماننے سے انکار کیا اور کہا، میں یہیں ٹھیک ہوں۔ ایک وزیر بولا، حضور، بادشاہ سلامت کی یہ بات ماننے میں کوئی حرج تو نہیں اگر شہر میں آپ کا دل نہ لگے تو پھر یہیں آ سکتے ہیں۔ یہ بات درویش کی سمجھ میں آ گئی اور وہ بادشاہ کے ساتھ آ گیا۔

بادشاہ نے درویش کے رہنے کے لیے ایک شاندار مکان دے دیا جس میں باغ بھی تھا۔ خدمت کے لیے ایک لونڈی اور ایک غلام مقرر کر دیا اور درویش نہایت عزت اور آرام سے زندگی بسر کرنے لگا۔

کچھ عرصے بعد بادشاہ کو درویش کا خیال آیا تو وہ ملاقات کے لیے آیا۔ دیکھا وہ تخت پر گاؤ تکیے سے کمر لگائے بہت آرام میں رہنے اور اچھی غذا کھانے سے درویش موٹا تازہ ہو گیا تھا اور اس کا رنگ نکھر آیا تھا۔

بادشاہ نے اسے اس اچھی حالت میں دیکھا تو بہت خوشی ظاہر کی اور کہا، آپ جیسے بزرگوں کی خدمت کر کے مجھے دلی مسرت حاصل ہوتی ہے۔ دانا وزیر ساتھ تھا اس نے کہا، عالی جاہ! درویشوں کو عیش و آرام کا عادی بنا دینا ان کی خدمت نہیں ہے ایسا کرنے سے ان کی روحانی ترقی رک جاتی ہے اور وہ دوسرے دنیا داروں کی طرح دنیا دار بن جاتے ہیں البتہ عالموں کو ضرور مالی امداد دینی چاہیے کہ وہ علم حاصل

کرنے اور علم پھیلانے کے لیے فارغ ہو جائیں۔

وضاحت

حضرت سعدیؒ نے اس حکایت میں نہایت خوب صورت انداز میں یہ بات بتائی ہے کہ خدا خواہی اور دنیا بالیقین الگ الگ دائرے ہیں ان دونوں کی سمتیں واضح طور پر الگ الگ ہیں۔ اگر خدا پرست دنیاوی راحتوں کی تمنا کرے گا تو بالآخر دنیا ہی میں پھنس جائے گا۔ ویسے یہ بات ممکن تو ہے کہ ایک شخص دنیاوی سازو سامان بھی رکھتا ہو اور با خدا بھی ہو۔ جیسا کہ خود حضرت سعدیؒ نے ایک حکایت میں یہ بات تسلیم کی ہے لیکن اس امتحان میں ہر شخص پورا نہیں اتر سکتا کہ اسے ہر طرح کی آسائش بھی حاصل ہو اور خدا کے راستے میں جان قربان کرنے کے لیے تیار بھی رہتا ہو جو درویش کی اصل روح ہے۔

* * *

فرنگیوں کی قید

حضرت سعدیؒ بیان فرماتے ہیں کہ ایک بار مجھے اپنے دوستوں سے کچھ ایسا رنج پہنچا کہ میں دمشق سے نکل کر صحرا کی طرف روانہ ہو گیا۔ بیابان میں چند دن تو اطمینان سے گزر گئے۔ جنگل کے جانوروں سے انس کی بو آتی تھی اور میں دوستوں کی جدائی کا غم بھولتا جاتا تھا۔ لیکن پھر کچھ ایسا ہوا کہ فرنگیوں کے ایک گروہ نے مجھے

گرفتار کر لیا اور طرابلس کے علاقے میں لے جا کر خندق کھودنے کے کام پر لگا دیا۔ بہت سے یہودی پہلے سے یہ مصیبت جھیل رہے تھے۔

میں اس مصیبت سے بہت زیادہ پریشان تھا شاید خدا کو میرے حال پر رحم آگیا۔ ایک دن حلب کا ایک امیر ادھر سے گزرا۔ اس شخص سے میری شناسائی تھی۔ مجھے اس مصیبت میں گرفتار دیکھا تو دس دینار فدیہ دے کر آزادی دلوا دی اور اپنے ساتھ حلب لے گیا۔

حلب لے جا کر اس نے میری شادی اپنی بیٹی سے کر دی۔ سو دینا مہر مقرر ہوا۔ اس شادی کو میں نے خدا کا انعام جانا اور اپنی بیوی کے ساتھ ہنسی خوشی زندگی گزارنے لگا۔ لیکن خدا جانے کیا بات ہوئی کہ پھر وہ عورت بہت بد تمیز یکا برتاؤ کرنے لگی۔ بات بات پر طعنے دیتی کہ کیا تو وہی نہیں ہے جسے میرے باپ نے دس دینار دے کر فرنگیوں کی قید سے چھڑایا تھا؟

ایک دن اس نے یہ طعنہ دیا تو میں نے کہا، بے شک میں وہی ہوں جسے تیرے باپ نے دس دینار دے کر آزادی دلوائی اور سو دینار کے عوض فروخت کر دیا

ایک شخص نے چھڑایا بکری کو بھیڑیے سے

لیکن گلے پہ اس کے پھر خود چھری چلائی

مغموم ہو کر بکری کہنے لگی کہ ظالم

میرے لیے تو تو بھی ہے بھڑیے کا بھائی

وضاحت

اس حکایت میں حضرت سعدیؒ نے تین باتیں بیان فرمائی ہیں (۱) معمولی بخش پر اپنوں سے قطع تعلق شدید نقصان کا باعث بنتا ہے (۲) احسان حقیقی معنوں میں وہی ہے جس میں اپنی غرض شامل نہ ہو (۳) ایسی جگہ شادی کرنا جہاں خاوند کو بالا دستی حاصل نہ ہو، عزت کے نقصان کا باعث بنتا ہے، بیوی اسے عزت کی نگاہ سے نہیں دیکھتی، جو گھریلو زندگی میں خوشگواری پیدا کرنے کے لیے شرطِ اوّل ہے

***

ہارون الرشید کا انصاف

بیان کیا جاتا ہے۔ بنو عباس کے مشہور خلیفہ ہارون الرشید کا ایک بیٹا ایک دن اس کے پاس ایسی حالت میں آیا کہ غصے اور رنج سے اس کا چہرہ تمتمایا ہوا تھا۔ خلیفہ نے بیٹے کی یہ حالت دیکھ تو اس سے پوچھا جان پدر! کیا بات ہے؟ تم پریشان کیوں نظر آرہے ہو؟ شہزادے نے کہا، فلاں سپاہی کے بیٹے نے مجھے ماں کی گالی دی ہے۔ بیٹے کی یہ بات سن کر خلیفہ نے اپنے درباریوں سے پوچھا، بتاؤ ایسے مجرم کو کیا سزا دی جائے؟

ایک نے کہا، ایسے ناہنجار کو قتل کر دینا چاہیے، دوسرا بولا، اس کی زبان کٹوا دینی چاہیے، تیسرے نے مشورہ دیا کہ اس سے باپ کی ساری جائیداد ضبط کر لی جائے، ہارون نے سب کے مشورے پوری توجہ سے سنے پھر اپنے بیٹے کی طرف دیکھ کر بولا،

بیٹا! خدا نے ہمیں یہ اختیار دیا ہے کہ مجرم کو سخت سے سخت سزا دے سکتے ہیں۔ لیکن ہمارے نزدیک سب سے اچھی بات یہ ہے کہ تم اسے معاف کر دو۔ یا پھر زیادہ سے زیادہ یہ کرو کہ تم بھی اسے ماں کی گالی دے دو، لیکن یہ بات اچھی طرح سمجھ لو کہ اس سلسلے میں معمولی سی زیادتی بھی نہیں ہونی چاہیے۔ خدا ان لوگوں کو پسند نہیں کرتا جو زیادتی کرتے ہیں۔

مرد اس کو نہیں کہتے جو لڑے ہاتھی سے

یہ بڑی بات خردمندوں کے نزدیک نہیں

ہاں مگر طیش میں رکھے جو حواس اپنے درست

اس کی عزت کرو مل جائے اگر تم کو کہیں

وضاحت

حضرت سعدیؒ نے اس حکایت میں نہایت دلکش اور موثر انداز میں صاحب اقتدار طبقے کو یہ بات سمجھانے کی کوشش فرمائی ہے کہ اگر کمزوروں اور زیر دستوں سے کسی قسم کی خطا سرزد ہو جائے تو عفو و درگزر ان کے شایان شان ہے۔ یہ بات قابل غور ہے کہ سپاہی زادے نے شہزادے کو ماں کی گالی دی تھی جسے سن کر غریب اور کمزور شخص بھی آپے سے باہر ہو جاتا ہے لیکن ہارون الرشید نے اپنے بیٹے کو مشورہ دیا کہ وہ مجرم کو معاف کر دے۔

٭٭٭

حاتم سے بڑا رتبہ

بیان کیا جاتا ہے، کسی نے حاتم طائی سے سوال کیا کہ آپ نے دنیا میں کسی کو اپنے آپ سے بھی زیادہ سخی پایا؟ حاتم نے جواب دیا، ہاں۔ ایک لکڑہارے کو، ایک بار میں نے اپنے مہمانوں کے لیے چالیس اونٹ ذبح کیے، دعوت عام تھی جو آتا تھا، پیٹ بھر کر جاتا تھا۔ اس دن میں کسی ضرورت سے جنگل کی طرف گیا تو وہاں ایک لکڑہارے کو دیکھا جو خشک لکڑیاں اکٹھی کر رہا تھا۔ میں نے اس سے کہا کہ تو آج یہ مشقت کیوں اٹھا رہا ہے۔؟ حاتم کے گھر کیوں نہیں جاتا؟ وہاں تجھے بہترین کھانا ملے گا۔

لکڑہارے نے میری یہ بات سنی تو بے پروائی سے جواب دیا، جو شخص اپنی محنت سے پانی خوراک حاصل کر سکتا ہے، وہ حاتم طائی کا احسان کیوں اٹھائے

اپنی محنت سے کما سکتا ہے جو نان جویں

اس کو حاتم کی سخوات سے سروکار نہیں

وضاحت

حضرت سعدیؒ نے اس حکایت میں محنت اور خود داری کی عظمت ظاہر کی ہے۔ حاتم طائی جو ہر دل عزیزی اور کار خیر میں بہت بڑا اور درجہ رکھتا تھا اور اپنی عظمت سے آگاہ بھی تھا، جب خود دار اور محنتی لکڑہارے سے ملا تو اسے اس کا مقابلے

میں اپنی ذات حقیر نظر آئی۔

***

حاضر دماغ غلام

بیان کیا جاتا ہے۔ ایران کے مشہور بادشاہ عمر دلیث کا ایک غلام موقع پا کر بھاگ گیا۔ لیکن لوگوں کو فوراً ہی معلوم ہو گیا اور وہ اسے گرفتار کر کے لے آئے۔

بادشاہ کا ایک وزیر کسی وجہ سے اس غلام سے بہت ناراض تھا۔ غلام کے بھاگنے اور گرفتار ہو کر آنے کا حال معلوم ہوا تو اس وزیر نے بادشاہ کو مشورہ دیا کہ اس گستاخ غلام کو فوراً قتل کرا دینا چاہیے۔ اگر اسے سخت سزا نہ دی گئی تو اور غلاموں کا حوصلہ بڑھے گا اور وہ بھاگنا شروع کر دیں گے۔

غلام نے وزیر کی یہ بات سنی تو سمجھ گیا یہ ظالم دشمنی کی وجہ سے مجھے قتل کرانا چاہتا ہے۔ اس نے بہت ادب سے کہا کہ یہ غلام حضور بادشاہ سلامت کا نمک خوار ہے۔ بے شک مجھ سے ایک گناہ ہوا ہے لیکن میرے دل سے حضور کی خیر خواہی اور محبت کم نہیں ہوئی اور محبت اور خیر خواہی کی وجہ سے یہ عرض کرنے پر مجبور ہوں کہ مجھے قتل کرا کے حضور میرا خون ناحق اپنی گردن پر نہ لیں۔ ایسا نہ ہو کہ جب قیامت کے دن میرے قتل کے بارے میں پوچھا جائے تو حضور جواب نہ دے سکیں۔ اگر مجھے قتل ہی کرانا چاہتے ہیں۔ تو پہلے اس کا جواز پیدا کر لیں۔

بادشاہ نے سوال کیا، وہ کیسے ہو سکتا ہے۔؟ غلام فوراً بولا کہ حضور اجازت دیں

تو میں اس وزیر کو قتل کر دوں اور پھر اس گناہ میں حضور مجھے قتل کر دیں۔ غلام کی یہ بات سن کر بادشاہ کو ہنسی آگئی۔ اس نے وزیر کی طرف دیکھ کر کہا۔ بتا اب تیرا کیا مشورہ ہے ؟

وزیر خوف سے کانپتے ہوئے بولا، حضور اس فتنے کو اپنے بزرگوں کے صدقے آزاد ہی کر دیں تو اچھا ہے۔ ایسا نہ ہو یہ سچ مچ مجھے کسی آفت میں پھنسا دے قصور میرا ہے کہ میں نے عقلمندوں کی یہ بات یاد نہ رکھی۔

گو حقیر آئے نظر پھر بھی حقیر اس کو نہ جان
اپنے دشمن کی طرف ہاتھ بڑھانے والے
تیرے دشمن کے نشانے پہ بھی ہے تیر سر
خوب یہ بات سمجھ تیر چلانے والے

وضاحت

اس حکایت میں حضرت سعدیؒ نے جرأت اور ہوشمندی کی برکات اور فوائد کی طرف اشارہ کیا ہے اور حاسدوں اور دوسروں کا برا چاہئے والوں کو ان کے انجام سے ڈرایا ہے۔ غلام نے انتہائی خوف کی حالت میں بھی حواس بجا رکھے تو ایک بڑی مصیبت سر سے ٹل گئی اور وزیر نے اس کا برا چاہا تو ایسا بلند مرتبہ رکھتے ہوئے بھی ذلیل ہو گیا۔

٭ ٭ ٭

حضرت پیران پیر کی دعا

حضرت سعدیؒ بیان کرتے ہیں لوگوں نے پیران پیر سید عبد القادر جیلانی رحمۃ اللہ علیہ کو حرم کعبہ میں اس حالت میں دیکھا کہ آپ نے اپنا مبارک چہرہ فرش خاک پر رکھا ہوا تھا اور گریہ وزاری کرتے ہوئے یہ فرما رہے تھے :

ارے اللہ مجھے بخش دے اور اگر میں بخش دیے جانے کے قابل نہیں ہوں تو قیامت کے دن مجھے اندھا اٹھا تا کہ میں اس احساس سے شرمندہ نہ ہوں کہ نیک لوگ مجھے اس حالت میں دیکھ رہے ہیں۔

میں فرش خاک پر منھ رکھ کے تجھ سے عرض کرتا ہوں

نسیم صبح جب گلشن میں کلیوں کو جگاتی ہے

مرے معبود میں رہتا ہوں تیری یاد میں ہر دم

تجھے بھی اپنے عاجز، بے نوا کی یاد آتی ہے؟

وضاحت

حضرت سعدیؒ نے اس حکایت میں رب ذوالجلال کی شان اور مسئلہ توحید بیان کیا ہے۔ حکایت سے پتا چلتا ہے کہ حضرت پیران پیر جیسے عظیم بزرگ اللہ پاک کی بے نیازی سے لرزاں رہتے تھے اور نہایت عاجزی سے عرض کرتے تھے کہ قیامت کے دن ان کی بخشش ہو جائے ایسی صورت میں یہ بات دانائی کے مطابق نہیں ہے

کہ ہم جیسے گنہگار بندے اللّٰہ کے غضب سے بے پروا ہو جائیں یا حقیقی مالک اور خالق کو چھوڑ کر کسی اور آستانے پر سر جھکائیں

* * *

علم کی عظمت

بیان کیا جاتا ہے، ملک مصر میں دو امیر زادے رہتے تھے۔ ایک نے دنیاوی علوم و فنون حاصل کیے اور ملک کا حاکم اعلیٰ بن گیا۔ دوسرے نے علم دین کی طرف رغبت کی اور ایک بڑا عالم بن گیا۔ جو بھائی حاکم تھا وہ دوسرے بھائی کو ہمیشہ حقارت کی نظر سے دیکھا کرتا تھا۔ ایک دن ملاقات ہوئی تو کہنے لگا، اگر تو بھی میری پیروی کرتا تو ایسی پست حالت میں نہ ہوتا۔ مجھے دیکھ، کیسی عزت اور شان کا مالک ہوں۔

دوسرا بھائی بولا، اے برادر! یہ تیری غلط فہمی ہے کہ حکومت حاصل کر کے تو زیادہ عزت کا مالک بن گیا ہے خدا کا شکر ہے عزت اور اطمینان کے معاملے میں میں تجھ سے بڑھا ہوا ہوں کہ پیغمبروں کی میراث علم کا مالک ہوں اور تو فرعون اور ہامان کا وارث بنا ہے۔

خدا کا شکر لازم ہے کہ اس نے

مجھے زنبور کی صورت نہیں دی

وہ چیونٹی ہوں جو خود دہوتی ہے پامال

میں دوں تکلیف، یہ قدرت نہیں دی

وضاحت

حضرت سعدیؒ نے اس حکایت میں علم کی فضیلت ظاہر کی ہے۔ اگرچہ ایک سطح میں شخص دولت کو ہر چیز سے افضل خیال کرتا ہے۔ لیکن حقیقت یہ ہے کہ دولت کی حیثیت ہاتھوں کے میل اور دنیاوی شان و شوکت کی حیثیت ڈھلتی پھرتی چھاؤں سے زیادہ نہیں۔ جس چیز کو زوال نہیں اور جو چیز ہمیشہ بڑھتی ہی رہتی ہے، وہ علم ہے انسانیت کی پوری تاریخ اس بات کا ثبوت فراہم کرتی کہ حقیقی اقتدار صاحبان علم ہی کو حاصل رہا ہے۔ انھوں نے ہمیشہ دلوں پر حکومت کی ہے۔

٭ ٭ ٭

جنتی بادشاہ

بیان کیا جاتا ہے، ایک خدا رسیدہ بزرگ نے خواب میں دیکھا کہ بادشاہ تو جنت کے باغوں میں سیر کر رہا ہے۔ اور ایک ایسا شخص جسے بہت نیک خیال کیا جاتا تھا، دوزخ کی آگ میں جل رہا ہے۔ بزرگ نے حیران ہو کر پوچھا، کیسا عجیب ماجرا ہے۔ لوگ تو یہ خیال کرتے تھے کہ بادشاہ دوزخ کا ایندھن بنے گا اور پرہیز گار جنت میں جائے گا لیکن یہاں تو معاملہ ہی الٹ ہے۔ بادشاہ جنت میں اور پرہیز گار دوزخ میں ہے۔

صدا آئی، اس کا باعث یہ ہے کہ بادشاہ ہمیشہ درویشوں کی عزت کرتا تھا اور

انھیں اپنے پاس بٹھا کر خوش ہوتا تھا لیکن یہ نیک آدمی ہمیشہ اسی فکر میں رہتا تھا کہ کسی طرح بادشاہ کے دربار میں رسائی ہو جائے اور اس کا مقرب بن جائے پس یہی سبب پہلے کے انعام پانے اور دوسرے کا عذاب میں مبتلا ہونے کا ہے۔

خدا محبوب رکھتا ہے نہ گدڑی کو نہ کمبلی کو

اسے محبوب رکھتا ہے جو اچھے کام کرتا ہے

ضروری یہ نہیں سر پر فقیروں جیسی ٹوپی ہو

نہیں معیوب یہ گر تو لباس اچھا پہنتا ہے

وضاحت

اس حکایت میں حضرت سعدیؒ نے اس حدیث شریف کی تشریح کی ہے کہ خدا تمھارے چہروں کو نہیں بلکہ تمھارے دلوں کو دیکھتا ہے۔ اگر کوئی صاحب ثروت بڑھیا لباس پہن کر اچھے کام کرتا ہے تو وہ اس درویش سے اچھا جو لباس تو فقیرانہ پہنتا ہے لیکن اس کا دل دنیاوی لذتوں میں پھنسا ہوا ہے۔

٭ ٭ ٭

جوٹھوں کا بادشاہ

کہتے ہیں، ایک جھوٹا مکار شخص پارسا وں کا سا حلیہ بنا کر بادشاہ کے دربار میں گیا اور کہا، میں حضرت علی کرم اللہ وجہ کی نسل سے ہوں اور حج کے سفر سے واپس آرہا

ہوں۔ یہ کہہ کر اس نے بادشاہ کی شان میں ایک بہت ہی اچھا قصیدہ پڑھا۔

بادشاہ قصیدہ سن کر اور اسے عالی نسب اور حاجی یقین کر کے بہت خوش ہوا، اور خلعت کے علاوہ اسے بہت سارو پیہ بخشا۔ لیکن کرنا خدا کا کیا ہوا کہ اس مکار کے رخصت ہونے سے پہلے ایک درباری جو سمندری سفر سے واپس آیا تھا۔ دربار میں داخل ہوا اور اس شخص کو پہچان کر کہا۔ یہ ہرگز حاجی نہیں ہے۔ اس کی بات کا اعتبار نہ کیا جائے۔ اسے توجج کے دن میں نے بصرے کے بازار میں دیکھا تھا۔

جب اس کے بارے میں شک پڑا تو معلوم ہوا کہ عالی نسب ہونا تو بڑی بات ہے، یہ تو سرے سے مسلمان ہی نہیں ہے روم کے شہر ملاطیہ کا رہنے والا عیسائی ہے اور اس نے جو قصیدہ پڑھا ہے۔ وہ مشہور شاعر انوری کا لکھا ہوا ہے۔

یہ حالات جان کر بادشاہ بہت غضب ناک ہوا۔ اس نے حکم دیا کہ اس سے انعامات چھین لیے جائیں اور ذلیل کر کے شہر سے نکال دیا جائے چوری کی چوری اور جھوٹے کا جھوٹ ظاہر ہو جائے تو وہ ڈر جاتا ہے۔ لیکن اس مکار شخص نے اپنے حواس درست رکھے۔ جلد سے بولا۔ حضور والا! مجھے اپنی غلطی کا اعتراف ہے۔ میں نے جھوٹ پر جھوٹ بولا۔ لیکن اب حضور کی خدمت میں ایک ایسا سچ بیان کرنا چاہتا ہوں جس بڑھ کر کوئی بات سچ نہ ہو گی۔

بادشاہ نے اس کی یہ بات سن کر کہا، اچھا کہہ ، کیا کہتا ہے؟ وہ بولا حضور والا! وہ سچی بات یہ ہے کہ جھوٹ سے خالی کوئی بھی نہیں، بلکہ جو جتنا زیادہ تجربہ کار ہوتا ہے۔ اتنا ہی بڑا جھوٹ بولتا ہے۔

مرے جھوٹ پر کس لیے ہے ملال ملاوٹ سے خالی نہیں کوئی مال

دہی بھی اگر کوئی لائے حضور تو دو حصے پانی ملے گا ضرور

اگر سچ کہوں جھوٹ کی ہے یہ بات بڑے اس میں دیتے ہیں چھوٹوں کو مات

بادشاہ یہ بات سن کر ہنس پڑا اور کہا، بے شک یہ بات ٹھیک ہے تو نے اپنی زندگی میں اس سے زیادہ سچی بات کبھی نہ کہی ہو گی۔ یہ کہہ کر حکم دیا کہ اس کے انعامات لوٹا دیے جائیں اور اسے عزت کے ساتھ رخصت کر دیا جائے۔

وضاحت

اس حکایت سعدیؒ نے جھوٹ کو انسان کی ایک ایسی ضرورت نہیں بتایا کہ اس کے بغیر گزارہ ہی نہ ہو سکے۔ بلکہ بگڑے ہوئے معاشرے کی حالت کا نقشہ کھینچا ہے کہ جب لوگ اخلاقی زوال میں مبتلا ہوتے ہیں تو وہ بڑے سے بڑا جھوٹ بولتے ہوئے بھی خوف نہی کھاتے بلکہ۔ جو شخص جتنا زیادہ عقل مند اور با اختیار ہوتا ہے۔ اتنا ہی بڑا جھوٹ بولتا ہے۔ غور کریں تو حکایت میں یہ کنایہ بھی موجود ہے کہ خود بادشاہ کی ذات کذب بیانی سے پاک نہ تھی۔ اس لیے وہ بڑوں کے بڑا جھوٹ بولنے کی بات سن کر ہنسا اور اسے نصرانی کا جھوٹ قابل معافی نظر آیا۔

٭ ٭ ٭

کعبے کا مسافر

حضرت سعدیؒ بیان فرماتے ہیں کہ ایک بار میں مکہ معظمہ کی طرف سفر کر رہا تھا۔ مسلسل سفر کرتا ہوا۔ جب وادی مکہ میں داخل ہوا تو اس قدر تھک چکا تھا کہ ایک قدم آگے بڑھنا دشوار تھا۔ چنانچہ میں نے شتربان سے کہا۔ بھائی! میری حالت تو بہت خراب ہے۔ تو جانتا ہے۔ کہ میں نے اس سفر میں کتنی تکلیف اٹھائی ہے۔ میں تو کچھ دیر آرام کرنا چاہتا ہوں

شتربان نے جواب دیا کہ مکہ تیرے سامنے ہے اور ڈاکو تیرے پیچھے۔ تو کسی درخت کی ٹھنڈی چھاؤں میں سو گیا تو کہا نہیں جا سکتا تیرا انجام کیا ہو۔ سفر کی تھوڑی سی تکلیف اور اٹھا لے گا تو اپنی منزل پر پہنچ جائے گا۔ ہمت ہار دے گا تو تباہی کا خطرہ ہے۔ تو نے سنا نہیں۔

خنک سائے میں پیڑوں کے بہت آرام ملتا ہے

مگر پوشیدہ اس آرام میں جاں کا خطرہ بھی ہے

وضاحت

حضرت سعدیؒ نے اس حکایت میں جہد مسلسل کی برکتوں کی طرف توجہ دلائی ہے۔ انھوں نے نہایت دلنشیں انداز میں یہ بات بتائی ہے کہ منزل مقصود پر پہنچنے سے پہلے آرام وراحت کا خیال انسان کو محرومیوں سے دوچار کر دیتا ہے۔

* * *